隔夜有雨

王 厚 森 詩 集

目　次

輯二　見與不見

輯三 六行集

詩人評詩

光的寂靜與甜美：
讀王厚森詩集《隔夜有雨》

向陽

王厚森，本名王文仁，前者標誌他的詩人身分，後者則蘊含他的學者本質。他十八歲開始發表詩作，就顯現了詩的才氣；收錄在他的第一本詩集《搭訕主義》中的眾多詩作，一如詩人陳謙所說，大多以沉穩的文字姿態，在觀察與內省之間，「選擇一種自我對話的語調與自己疏通，在文字裡暗埋生活的線索，其間有他的悲喜交集與現實思索」。他是自省的詩人，以內斂的情感，向現實世界叩問，詩行、詩句中，自然流露出了一股深刻而迷人的知性思維。

出版於2011年的《搭訕主義》，作為王厚森的第一本詩集，計分四卷，「卷一　風再過去，就是雲的影子」、「卷二　每一道日光都是，昨夜的引渡」、「卷三　除了詩，誰能喚醒我們沉睡的童話」、「卷四　妳在夢裡走來，預言如詩」，所收詩作，一如每卷摘引的詩句，或描述日常所見，或以詩證詩，或寫讀詩心境，或觸探現實與歷史課題，都相當精準地表現了詩人對外在世界的感悟與詮解。其中最鮮明的，毋寧是隱藏在詩作之後的冷凝旁觀與學者氣質，透露出了他的早慧、早熟，以及超越實質年齡的思想性。他的詩，是一字一句都圍繞著理性思維的骨架，繼之以厚實情蘊為血肉寫出的詩。

兩年後的今天，王厚森將出第二本詩集《隔夜有雨》，這本詩集基本上延續了《搭訕主義》的主題書寫和語言風格，他選擇的主題，古典、浪漫，兼而有之；語言風格，則感性與知性交融於一，形塑了他與其他同年代詩人大不同的獨特氛圍。

這種氛圍，是秉性與學養相互滲透、浸染的結果。部份源於他的學術生涯、研究領域與古典文學、現代文學會通，浸之潤之，自然天成；部份則緣於他的天性與人格，他溫厚純良，不與人爭，熱情感性，因此對外在世界總寄予深厚的感情，乃能用情至深，於平淡無奇之處寫出常人未見的餘韻。

收在這本新出詩集中作品，佳構甚多。「輯一　島嶼記憶」寫行踏土地的聞見行思，以學院生涯印證學院外現實生活的種種現象，他用詩寫林義傑擁抱絲路的創舉、澎湖看花火節的感動，也寫他履踏台灣各地的感懷……，詩作中鋪展出了當代台灣的空間向度，表現了土地和人密切的關聯，〈有人自我的心底走過──記在花蓮鯉魚潭遊走的那些日子〉以「有人自我的心底走過」句起，結於「紫斑蝶停駐的時刻／風中捕捉精確、細膩／遲疑著如此就能註解／愛的剎那亦恆是／詩的剎那」就足為腳註；他也試圖爬梳台灣特殊的歷史處境，他寫1980年代的台灣文學，寫聆聽楊逵文學音樂節的感觸，都相當動人，特別是〈幌馬車之歌──詩誌愛國主義者鍾和鳴〉一詩，透過與報導文學家藍博洲作品〈幌馬車之歌〉的互文，再現了白色恐怖年代中的左翼精神，詩的「尾聲」質問「拍桌的歷史早已定案／誰還會是這時代的盜火者？／歷史改變了它的軌道／卻迴旋不了你快速融化的掌紋」，深刻表現了台灣認同與史觀的複雜性，一如另一首詩〈逆旅〉啟筆所云「時光的逆旅中我們／熟練地以深夜寂寞的風／望遠鏡窺探圍牆外的荒野／如何交織明日曖昧的影」的蒼茫感。

「輯二　見與不見」延續第一本詩集的讀詩主題，在這集詩作中，他讀陳謙、顧蕙倩、林婉瑜、楊寒、李長青、林達陽、凌性傑、然靈、凌明玉、夏宇的詩集，以詩喻詩，既寄寓他對同儕詩人的肯定、欣賞，同時也表現了他對詩的深情和理

念。可以說，王厚森是個有情的詩人，一如他在〈愛與比目魚
——陳謙詩集《山雨欲來》讀畢〉詩中所寫：「薄霧裡，黑暗
的飛翔持續著／書寫與被書寫的姿態／孤獨與嘲諷的風霜後／
如此堅持著擦亮／靈魂光輝裡童話的夢境」這般，這些詩作有
「同病相憐」的疼惜，也有「以詩為愛」的恆定。

　　〈輯三　六行集〉，是一個新的形式實驗，在我來看，這
是王厚森嘗試突破既有詩風的努力。輯中24首六行詩，猶如24
幅風景，在固定六行的形式下，展現不同的主題、語法、技巧
和內蘊，可視為詩人調製現代詩新格律的力作，其中如〈山城
午後讀詩〉寫吉光片羽的寧靜、〈網路症候群〉寫網路現象、
〈別〉寫情感的乾涸、〈結尾〉寫話語的符徵、〈藍與白〉寫
景兼寫意、〈詩的誕生〉論詩的內在性、〈春〉寫春朝之思，
以及〈無伴奏分裂曲〉三首寫靈魂、現實與荒謬，都是值得一
再咀嚼的佳作。

　　我很高興成為王厚森這本詩集的讀者，反覆閱讀他的詩
作，方能通過他的詩了解他的人。與他認識以來，總以學者看
他，倒忘了他先是一個詩人，才是一個學者。他對詩的一往情
深，都在詩集中的每一首作品中潛藏著，就像他在〈詩的誕
生〉這首詩中所寫：

　　　夜在窗口徹夜打呼
　　　揚起海的輕浪
　　　震碎一地
　　　光的寂靜

　　讀王厚森的詩，就像臨窗對夜，看到海浪震碎沙灘上的
光，寂靜在語言之中流淌，甜美在詩句之中漾盪，前者是知性
之悟，後者是感性之覺。知感交融，詩於是誕生。

學院之聲：
王厚森詩集《隔夜有雨》序

陳謙

　　在文學藝術的領域當中，非常符合「江山代有才人出」的生命週期律則。共同世代的文人圈有其共同的成長背景與環境構成，他們一起成長、一起歷經生活背景的環境洗禮，不同的是各自生命的自我歷程，這群一九七〇世代的學院作家群，約莫自碩士班二十四、五歲時開始在文壇與學院間遊走，修業速度較為快速一些的人可在三十歲前後完成博士學位，之後輾轉二、三年而進入學院，他們通常學歷完整且正統，一路中文相關科系履歷完備，我們稱之為學院派作家。而這些學院作家有李癸雲、丁威仁、何雅雯、楊宗翰、劉益州、解昆樺、王文仁、余欣娟、蔣興立、楊宗翰、楊佳嫻、吳懷晨、陳巍仁等人，其文學研究與創作者雙重身份必不可分，而就創作部分，文字寫作者經過十年前後的淬練，對生活的洞察更為敏銳，這些個人的生活經驗往往成為詩裡最為可貴的養分，透過詩人對經驗素材主客觀的選擇，文字於是成為一種對話，在詩人與世界之間形成一座橋樑。

　　　　隔夜有雨
　　　　但今夜我們仍需寫詩
　　　　在列車啟動的初刻恣意想像
　　　　未及註冊的旅程將有
　　　　山海陪伴

王厚森的同名主題詩雖在副標註明是對向陽詩選的讀後詮釋，言語中卻是意象的重塑與再創造。令讀者一新耳目，閱聽人其實可蓋去副標題將詩當成完整的主體欣賞，亦可藉由其閱讀路徑的線索進行文本之互涉。王厚森以客觀的閱讀經驗豐富自我的詩行，卻少有七〇世代詩人大吊書袋的學人習氣，文字上始終樸實無華，不以夢囈示人，而以其文字的誠實作為修辭的起點。特別值得一提的，是他將生活細瑣觀察入詩，從他人詩集的互文閱讀到學院現場的思索，在在可以讓詩大步邁向生活，讓詩在生活中重現，讓生活中洋溢詩情，一如〈那些年，我們──虎尾科大「文學賞析」課程創作集序〉

> 那些年我們都還青春
> 俊俏或者
> 美麗
> 燃燒的小宇宙時時刻刻
> 喚醒夜裡沉睡
> 與獨白的童話

　　《隔夜有雨》是這群七〇世代學院詩人王厚森的第二部詩集，也是詩人近三年間（2011-2013）建構起的第二座橋樑。不同於第一本詩集《搭訕主義》用了十一年的時間來寫作集結，這本新作在速度上的衝撞精神確實值得我們按他一個讚。王厚森的寫作力度正慢慢地淬礪其鋒芒，也許在取材的選擇上稍作思考，想想在校園之外有那些山海正在呼喚，有那些呼喚屬於底層的悲鳴，有那些人世的奧秘是值得以文字追尋，這些其實他都已在詩集中涉及，但作為讀者的我們，總是貪婪的，總希望讀到更多詩人的觀察與看法。如此一來王厚森自能在學院與社稷之間，在群眾跟土地之間來回巡弋。

自序　隔夜，有雨

　　《隔夜有雨》的誕生，毋寧是個意外。

　　2011年夏天，我出版了個人首部詩集《搭訕主義》。《搭訕主義》的出版，原是要對自己十多年與詩對話的歲月做點交代，順便跟寫詩這檔事徹底分手。沒想到詩集出版後創作慾望反而益加強盛，加上臉書提供了我們這種懶人方便的塗鴉媒介，於是也就拉拉雜雜又寫了起來。

　　我想很多寫詩的人都曾想過，不再寫詩那天會是怎樣。對我來說，詩的世界始終太過痛苦、太過迷人。寫詩的瘋狂可以讓人不說話、不睡覺、不吃飯、不洗澡、不喝酒，深沉進入的那刻只想把功練好。每一次，那種麻醉的感覺會調動全身每根神經，藝術創造的衝擊也在當下悄然的自我完成，那總是讓我不自覺地想到圓滿與虛無、驚喜與回味。

　　說到底，這年頭寫詩、出詩集早就不是什麼金光閃閃的事。寫詩的人多，讀詩的人少，在這條路上能夠始終堅持著的，無非是有絕大之信念。對我來說，寫詩經常就是在滂沱大雨前，替自己打造的一片陽光棲息地。生活的坑坑疤疤太多，俗常事物的發洩總解不了內心的結，詩寫多了確實有阿斯匹靈之特效，療癒自我也療癒他人。

　　《隔夜有雨》共收三輯詩作。「輯一　島嶼記憶」是我對這個島上種種事物的觀察、紀錄與反省，如此的以詩寫史自然有效法古人之意。「輯二　見與不見」大量收錄了讀詩、讀書之後所寫的詩札記，以詩論詩是我相當鍾愛的一種詩類型，這

種型態的作品大抵還是會持續下去。「輯三　六行集」是摸索自我寫詩偏好所做的一種小詩形式的嘗試，自然也有與前輩們的二行詩、三行詩、五行詩、八行詩、十行詩、十四行詩相唱和的意味。

　　隔夜有雨，每一次的完成都是為了再一次的出發，我知道這趟旅程還遙遠得很，感謝那些在生命路途中一同走過的人們。僅以這本詩集獻給最親愛的，也獻給那些還不親愛卻也可愛的朋友們。

王厚森2014/11/8

輯一

島嶼記憶

隔夜有雨
──《向陽詩選》讀後

隔夜有雨

但今夜我們仍需寫詩

如此

在紊亂的煙硝中慶幸

錯落風霜的桌前仍有一塊

陽光暫棲地

那樣寬闊且足以

讓胸襟傷痛繞過

時而腫脹的肋間瘡疤

眼底，塵埃滿佈

你執意借來屬月的火

化風信子為柴薪熱切煨煮

雨露、鐵籬和蒲公英的那種懂

眸光淺淺　微笑

聆聽

亦無所謂

隔夜有雨
但今夜我們仍需寫詩
在列車啟動的初刻恣意想像
未及註冊的旅程將有
山海陪伴
老練如酒我們都已熟習
曖昧不需詮釋
緊握，手的微溫描摹
風的速度
夏日的金針花長腳挺身旋舞
滑過大武山這一與那一個烈日長空
等待中，誰是匿藏的驚嘆？
引番刀熱血蒼蒼守護祖靈以密林枝椏
垂淚轉過，細膩的一百二十度後
極其蔚藍與收斂光色的彩虹橋
燈塔、松園、雲霞
呆坐如此
羅織碎片黎明前你我
迸放的熱
熟悉燈影相異
音階
亦無所謂

我們‧跑
——詩誌林義傑等「擁抱絲路」創舉

用腳飛翔　你
彼得潘地穿越極地和撒哈拉沙漠
內在的瞑夢未曾歇止
一趟，盜火者的旅程
「那必然是，大愛如斯。」你說
：「光將引領我們回到，最原初的起點。」

灰而灰的天空
聖索菲亞大教堂前
遼闊的視野是一幅沒有終點的野獸派潑墨
烈的日焦的風在這裡流行曲了
千年
起始的步伐請允讓禱念以虔誠

不是先知，我們
是這時代的擁抱者
以每一吋緊實肌膚的果敢
擁抱文明擁抱自然擁抱愛
蟻行萬里，將喚起
被言語風景膚色溫度割裂的億萬顆心
在時光摺疊的縫隙裡
靜謐聆聽

聆聽
風河雲露以耳語昭示
肉體與內在的極致探索
白的夜黑的日我們循絲攀登
上一與下一個驚怵疊峰
以意志調氣，讓生命乘風
連綿不斷的跑
且成為
一種永恆的姿態

後記：2011年，臺灣極限好手林義傑發起「擁抱絲路」活動，計
　　　畫用150天，橫跨近一萬公里的古代絲路，見證自己、見證
　　　古文明，並喚起人們對環境問題的關注。一行四人，含括
　　　臺灣、中國、加拿大的好手，4月20日從土耳其聖索菲亞大
　　　教堂出發，經伊朗、土庫曼、烏茲別克、哈薩、新疆、甘
　　　肅，9月16日抵達終點西安，共有林義傑與白斌二人跑完全
　　　程，完成這項幾乎是不可能的創舉。

跌落的眼
──記**80**年代台灣文學

想替自己打造一座墓碑
水晶熟鐵清竹等等
禁得千古風行退潮
千禧年紀念名品
法老王那般睿智

「後現代建築最是前衛，
　腹大兼容百川大海，
　而且不需排隊。」

她緩緩出口翻開一列十年房地產銷售史。

雲很高。。。
一些詩句亂竄了起來
青春漸漸鎖眉飄浪到
海的彼岸無言凝視
幾隻年少海鷗堅持著海的誓言逗留不去
我抿抿嘴角
輕撫摻白短髮向心愛的那人輕聲詢問：
「寫實主義，會不會太過露骨？」

遂跌落一雙眼睛。

看見
——記某一年在澎湖看花火節

山看見海

海看見沙

沙看見浪

浪看見樹

樹看見風

北風看見釣竿

釣竿看見雲彩

雲彩看見蒼鷺

蒼鷺看見天空

天空看見花火

花火看見每個菊島人心中的夢

有人自我的心底走過
──記在花蓮鯉魚潭遊走的那些日子

有人自我的心底走過
帶著天空
與粉紅色飛鳥
那麥田裡的香
伸手就能抓取
毛毛蟲的夢

於是步行
且熟練地餵養
沿路礙眼底石頭
縫裡偶爾鑽出的青春小花
留心
或不留心
都是午後一只微笑的
風鈴

有人自我的心底走過
像寂寞午夜
聆聽一首看不見的情歌
想像白雲飄飛
縱谷裡燃燒著山海
不知目的地的黑頭翁振翅掠過
倒影已孤懸的鯉魚潭中

於是堅持
這一與那一
紫斑蝶停駐的時刻
風中捕捉精確、細膩
遲疑著如此就能註解
愛的剎那亦恆是
詩的剎那

默與響
——記旅途中停歇台東那界海

青春是靜默的

海是靜默的

風是靜默的

夜是靜默的

浪是靜默的

怕癢樹是靜默的

防波堤是靜默的

流浪是靜默的

只有想念的靈魂，震耳欲聾。

那些，春光乍現
──臺南國立台灣文學館觀楊逵文學音樂節有感

故事的開端必然是
石縫裡一朵
不曾被吹倒的
野玫瑰

女孩看見野玫瑰
迷藏在
時間的縫隙裡
如此消瘦而眼神堅持
歌唱

唱那些原來都不懂
且嫣紅
的摺疊信紙
寄往
沉睡將醒來的
數十年後

數十年後我們安坐
悅耳聆聽
飄落泥土與花徑之間
鋤頭如何在大地寫詩
如何啃蝕荒山孤獨
如何等待島嶼終究
春光乍現

幌馬車之歌
──詩誌愛國主義者鍾和鳴

> 我不是愛國主義者,但是原鄉人的血必須流返原
> 鄉,才會停止沸騰!
>
> ──鍾理和《原鄉人》

序曲　和著腳鍊聲的大合唱

當清晨的曙光躁動成早到的信鴿
習於瘖啞的門鎖便也輕輕的哼起喀拉、喀拉、喀拉⋯⋯
開啟的鐵門後沒有天空
只有兩張稚嫩的臉
在凝結成霜的甬道立正、端槍
而你,將隱身成無名的化石
在伴隨著腳鍊的拖地聲中
由輕而宏亮的大合唱
　:「秋日黃昏的道上落葉飄散
　,目送你縮影而去的幌馬車
　,去年的別離
　,竟成永久⋯⋯」

第一樂章　原鄉夢

田莊的視野隔著海
每個黃昏他的心向風中逸去
向一則祖母口中的七彩傳說探詢
航行的況味
迷濛的意識裡他想望
原鄉歧義而豐饒的意象
農人在貧瘠的田裡栽種肥美甘蔗
詩人在困頓的文字裡栽種遙不可及的烏托邦
他卻在異民族的現實裡栽種
名為清國奴的軟弱傷疤
日與夜
微血管與微血管間持續碰撞
一場內在而莫名的戰爭
昏瞑間，他將にほんご擲向日本教員的冷笑
破題的一響敲亮，心中曖昧而懵懂的鄉愁
一顆羽翼未豐的種子渴望越洋
回到，生命的原鄉

第二樂章　洄游，在漂浮的季節

褪下白線帽的鐘和鳴不再是個畫餅的理想主義者
他的心如同腳下站立的渡輪
指著不動於夢魂中的祖國
而祖國
原是一則褪色與殘破的隱喻
在日人槍砲與槍砲的尖叫聲裡
從香港到惠陽
從蟄伏到躍起
一個黝黑瘦小的男子甘冒間諜之名
在每條陰鬱的街道高呼站起
年輕的鍾和鳴知道
街頭宣傳是一齣永無休止的樣板戲
生硬，卻有萬千隻如他的手
在赤血的原鄉撼起
而戰火，原是場丟失了休止符的鬼魅惡戲
卻在「本当にもうしわけございません」的廣播裡
結束五年的洄游與游擊

第三樂章　意識的血花

1946年
卸下戎裝的客家青年成了
校長鍾和鳴
他頂著寬大的中山裝
提著革命的鋤頭
每個清晨用遠山的春靄與露水栽種樹人的夢
想望左翼的花朵將紅滿
一座座
銘刻思想的山丘

而夢外
血一樣的意識火花燃起
沒有終點的瘟疫
病毒嗜血以言語的力量穿透
革命和屠殺的風景
驚恐的眼珠在黑暗的甬道游移
不可思索的慾望懸念
飛行以倒吊蝙蝠的陰鬱之姿
卻遭拷責
以褻瀆者的口吻
粗暴而急躁的叩門聲中歷史宣示
下一個清晨將不再
靠岸

第四樂章　與妻訣別書

　　親愛的汝，我以很沉重的心情來寫這封信。請不要驚
駭，亦不要悲傷！我知道汝的心情將受到莫大衝擊，但
是我希望汝能很快丟掉悲傷。關於後事，可用最簡單的
方法了決。我將永遠親愛汝、祝福汝。

　　　　　　　　　　　　　　　　　　　　　　　　　和鳴

尾聲：未完的悲哀

拍桌的歷史早已定案
誰還會是這時代的盜火者？
歷史改變了它的軌道
卻迴旋不了你快速融化的掌紋
嘆息的色塊遮去了憧憬
原鄉人的血於是在昨夜
停止沸騰

逆　旅

時光的逆旅中我們

熟練地以深夜寂寞的風

望遠鏡窺探圍牆外的荒野

如何交織明日曖昧的影

昨日山毛櫸的那些印跡

二月，曾是那夜晚睡的春天

以碎琉璃的聲音捎來一封

愛的告白信

火也是害怕感冒的
於是霧總是不能懂
後面所赤裸的惡作劇
如此緊擁那些
即將來臨的倒影
遙遠的睡眠催促著我們
蘿蔔色的嘴唇
若非是一輛客運公車撞碎防波堤的
點燃了眼睛的注目
冬天就會是一尾富鱗片的魚
以思念的胸鰭切開
夢的存在

那些夜裡，我們是不同的月光

我們是不同的月光，那些夜裡
嵐與霧都曾駐留，山谷
一整列烏鴉呼呼穿過
被愛睏靈魂裁切的天空

風帶我們離開熟悉
照片收進無聲的庭院裡
花瓣隨風逸散而枝葉溫暖
留戀過的那場雨鎮日不停
以旋舞黯夜的墨鏡躲藏極小
無法言語貓的思緒

那些夜裡
冬日正暖而溜滑梯圓熟
尋畫的筆遲遲捎來溫柔音符
妳問：「棲息許久
與影子結印的含羞草
終究圓熟一個辯證的故事？」
我說：「偷窺的光圈裡
沒有入鏡的
始終是淤積心事的出入口。」

今夜有詩

靜默著搭上
一班開往黎明的列車
不急不徐
像是青春曾經留我
那樣

掙脫方格的閃耀
早植入
不同的優美
始終我們不停編撰著自我
為了
終極的詩篇

幸運地告訴自己

今夜有詩

像戀人輕輕在耳邊流轉溫柔音符

暗想曾為野薑花的笑意忍痛咀嚼

昨日寂寞的航海圖

一刀刀裂割往昔

伏趴在每一路上多雨自憐的身影

與夢曖昧的拉扯後

彷若陷落於百萬光年外冷漠的觀望

炙熱凍寒正要凝視出未知何如的星球日誌

但畢竟幸運的

那兒也將有詩

如織滿樹幹細緻的年輪

始終匿藏著

生命深峻的躍動

告 白

如此執著地寫詩

如此虔誠地不相信自己是個詩人

日日彎腰播種、澆水

在科技的荒漠學習用腳擁抱

被遺忘山海吻來的呼喚

焦渴的意志瘖啞閉鎖

請讓我落實風聲

指揮文字鳴奏的快板

引流裂解陰霾而非偶然的春雨

高亢的歌聲喲歌聲

那番刀的鼓舞

終將切開黑暗中的一條前路

且讓渴想的仰望都有了

春天花蕊的感動

不　再

月光堆積的桌前
懷念往昔
那貝殼色的日子
手風琴的季節律動
呼喚著
忘卻了琉璃般的秋風很冷

豹一樣的夜裡
我安靜地孵化著
白色煙霧般追求著我的詩
而我
已不再是那些日子裡的我

無　端

那樣無端的想起秋色
在深灰色的
閣樓上

許久沒有星子前來問候
因為它們都逃家而去
逃離夜幕
逃離季節
逃離無法出口的窘困
而我還在這裡
無端地想起
從海邊一路燃燒到田埂的秋色

我還在無端地叩問
屬於過往
與一叢叢不經意出現的刺蝟
埋頭在久沾露水的白色棉被還是
無端咬嚙著徘徊不前的
深灰步道

誰能知曉
無端是迴旋在夢裡
無法成筆的童話
呆坐窗前

考試筆記

正襟危坐
一場未籌的戰事，懸繫
脆擊的鈴

第一眼瞥見
我們之間便有太多以及
沉重如揭開生命本質的驚喜
（而喜，不往往是另種的悲？）

刀劍起落，我
思緒像搖擺在夢的遠端
堅實的踏板無處尋覓
而血在滴落，光在滴落
滴落在一只，空白
永無饜足
B4的答案紙上

潮　濕

生活總是暴風
即便我們告別紅粉的熱帶許久

不時有烏雲飄降
海綿似的小島
太陽因此學起大腦罷工
放任午後陣雨與閃電炙熱的愛情

我的口袋因而潮濕
掌心的淚淹沒深赭穿梭的街道
一群意外的魚悠遊著牠們寶藍的星座
我黯然數著
哪天一屋的書才能全都晾乾？
松枝才能重新跳起精靈的舞？

請在我的頭蓋骨加蓋
一座違建的天窗
如此，陽光必能循著暗紅的迴旋梯
走
　　進
走
　　進

潮濕的心房

美麗考掘學

輕舉火把
在細雨的海灘上
奔跑如一枚渴望擁抱的貝

急湧的海
像一把彈過千萬遍卻依然動人的古琴
孤獨地咀嚼流浪的宿命

流浪的夜曲
眼前是如此的寬闊而寬闊的牽引著
潯濕成亂藤般的長髮
被切割如拼貼畫的海岸

那濕透的棉衫啊
妳為何成了不成熟的戀人
野獸般緊緊攫住纖細我年少的肋骨
是否昨夜忘了禱告才會叫夢
沒有了慰藉的窗口

我不成熟的戀人啊
是否我們都已成了那艘沉醉在風雨中
的小船
才會叫耳
不見心中的那陣浪

最喜與最恨

最恨

劣墨般的自暴心緒

在詩的絹白

潑灑　無法留白的山水

而謀殺的隊伍

從地獄排到天堂

在段落的結尾

腥臭棄屍堆得比意象還高

就算撕碎所有詩頁

我也從未被說服過

一個憂鬱一個故事

一個故事一個黑字

最喜

唐詩般的輕描淡寫

在思的曠土

塑型　無法重回的春天

而顫抖的羊毫

從長安滴血到洛陽

在炙熱的喉頭

年少豪情奔流得比黃河還要騰沸

就算走破多少布靴

我也從未被稀釋過

　　一絲柔情一絲高傲

　　一絲高傲一絲

　　沒有落幕的鄉愁

愛的書寫體

原以為我的愛
是書寫體
在夜裡雜紊的思緒中奔放
飽滿，專執

流連每一筆劃的優美
或者　精心研究
刻鏤的細膩手法
試圖模擬出完美，無
缺

後來我才知道
愛始終是
狂草體
是記憶櫥窗裡不拘的風
不停捲舌
換頁

敲門的鬧鐘

清晨妳來敲門
而夢中的我正急於追趕兇手
午夜大街清冷
寒風擊痛臉龐
多時醞釀的契機正悄悄降臨
我甩開街角
甩開旁人奇異的目光

十多年前她來夢中犯案
擄獲一顆心卻宣告
黎明的列車已至
必須她必須含淚揮手就此訣別
再見是否有期
上帝也難知曉

開始便已注定這會是個
無解的故事
而我卻命自己為偵探
成為夢的追查者
夜夜在夢中流浪
夜夜寫詩
夜夜編撰故事

而她終於露臉
因為一行詩的陷阱
在黎明的街口我們追逐
追逐年少一如斷去的風箏
追逐記憶一若錯亂的背景
追逐意義成紊亂的足跡
啊我們追逐自己的追逐

親愛的，請別急著敲門
並非，並非我不理妳的叫喚
是夢的味道始終
故事著香甜

愛的高架台

在你濕寒的手上
有微風輕掃過如四月的冷
黃蠟色的臉孔收容
整個夏季
隱然聳動的秘密

一切都是遙遠
距離並非用尺衡量
它咀嚼著自己的苦澀
如同我們攜起撒旦卻總戀著上帝
所以
天堂遠了
遠的像我黯然構築
愛的高架台

詩人之盾

給我一只盾
當我漫步向生活
生活亦無法武裝它美杜沙的眼神
那些逐漸在生命縫隙恣長的蛇髮和毒瘤
都綑綁不了日夜飛翔的慾望
神話肥沃而多汁的
。唇。

給我一只盾
精巧打造反覆推敲
每個清脆的原子都互擁成一枚晶瑩的雪
每一束雪的輕柔都舞動成培加瑟斯
撬開業已石化的頭顱
輕喟鞭擊墓園的肋骨
閃電拔出根深蒂固的枝幹
讓虛空的木桶包容下歪斜的天際、迷航的宇宙
千百年犁耕的哲學；上帝骰子般的臉孔。

給我一只盾
吻滿稚鳥金黃的羽毛
靜謐若深秋湖面卻不時迸放青綠的火焰
當你躺進它的草原
就發現一整片天空
飄滿立即的驚喜
與沉思的回味

夜札記

沉默的能指懸掛在
極具毀滅性的氛圍中
風化如海岸一列礁岩的唇
包覆著
滾燙成岩漿的舌

啊，排山倒海
排山倒海而來的不是
午夜精心鑲刻澄澈如水晶的愛
是騷動
是海域中黑潮洶湧
是一把插在胸懷
刻印著那人名字的
匕首

快樂的人並不戴帽

快樂的人並不戴帽
他們讓自己裸裎在金黃太陽底下

快樂的人並不戴帽
他們的眼中舉著一把把七彩的傘

快樂的人並不戴帽
他們將帽子隨時送給需要的人

快樂的人並不戴帽
他們的心就是頂寬厚的帽子

輯二

見與不見

我將逃亡，用香檳色的淚
——《商禽詩全集》讀畢

我將逃亡，用香檳色的淚
鴿子、長頸鹿與螞蟻橫行的深碧夜空
異次元的火車輪子在風中燒燙
那極其黑暗的溫暖
輕易地勾起不該被吞食
歲月的口香糖

口哨是男性的
如同彈簧床是女性的
那卡在旋轉門而乾癟的胸膛
早印滿獵風人追索透支的足印
沉默接引被自己感動
天河的水聲

奔跑…奔跑…
奔跑的孩子排列成飄落的雪
唯一的聲音在花裡頭種花
霧起的森林

在監視著螢火蟲
有潭為證而鯉魚歌唱
那澆灌過的
仍是一具飛翔的琴
堅持自卡車擊傷的夢中逃離

香檳色的，迤長的蹺蹺板
經常孵育我們不是能懂
解放的界
擁抱月亮的太陽徹夜潛行
為著，屋宇號碼的失去
我並非投入
而是決意
從你胸口長出蘿蔓色的花

吊單槓的秘密
——讀渡也詩集《太陽吊單槓》

從出生那天
太陽就被要求
吊單槓

每天一早
和光一起
和雲朵、蒼鷹、鐵杉一起
在太平洋
熱身

喚來風
想像
起飛時刻
一舉騰躍上玉山
用尋常不過的愛
換來觀日者啞口的驚喜
喚醒每個臺灣人辛勤的美夢

豎耳是山，低吟是海
──夜半讀陳大為詩集《再鴻門》

1.

夜半，風聲早響滿涼意的茶盞
放牧的膠卷用力撬開下一段膠著
沉思中，迷宮地圖隱隱作痛
那埋在醇厚酒精裡的綿長軼事
不斷加註且被安心設想
：「裁切、延展、拼貼，最終將看見
莊嚴。」
如此，忘卻唇齒焦渴與汗漬的期盼
讓每一次乍現的疾風與驚雲
都是命運狂歡的再出發

2.

無須焦躁整裝
闔起徹夜未及讀畢的書頁
熟習的論述者老早都該學會
搖擺跳躍上一與下一行的曖昧
浪聲裡，傳奇是一串串無聲的紙花
拋出羅網且從指縫流失的碎片呼叫
勢必拆散的那些堂皇說法
終究，將揉鑄出一張激昂大鼓
還是暈疼中逼真的霧？

3.

豎耳是山，低吟是海
在疾駛的西來浩蕩船邊
每條線裝的魚都企盼不要落網
一轉眼，不得了的五千年都得否定
從頭到腳完成天演的灌溉
無需暗房，不留縫線
頭一擺削去的都是陣陣烏黑辮髮
變法、變法，到頭來是誰
召喚出胭脂水粉裡的那條麟獸？

4.

南洋頭暈
馬六甲海風穿過
記憶中總是很細的沙粒壯烈篩檢
無緣擠入不夠溫柔的二十吋螢幕
泡壺鐵觀音或東方美人
讓茶樓與會館的梯子都不在半夜裡疼
就著昏黃冊頁飲一大口白酒
聽鑼鼓將歷史的廣角與望遠鏡穿透
被勒緊註釋的連環戲碼
大喊一聲：「退下。」
就此，平仄拗韻亦將
歸零

音樂，是屬於黑暗中的
——鴻鴻詩集《黑暗中的音樂》讀後

音樂，是屬於黑暗中的。

雨意流淌
靈魂濡濕
夜色悄然撤退如初冬悵惘的酢漿草
你執意拉開上一與下一個喧囂的劇幕
在列車不停的跳針中
用槍管掩護後退
沿途灑落的
是始終沒有離棄的夢境傷口
在雷聲裡靜靜酣睡

音樂，是屬於黑暗中的。

折射的風聲細膩傾斜

未充分融合的色塊擁抱激烈

不斷沉沒的島嶼

在音符剝落之前妳試圖導演一齣

愛與分離的戲碼

如此乾渴

像假日捷運站中瞳孔收集著瞳孔

一束美麗的花終究被丟棄成為

隱隱作痛的碎片

於是學習著還原

靜靜拼圖裡的曖昧留白

像一首冷冽的歌

感動在忘記飛翔的黑暗中

愛與比目魚
──陳謙詩集《山雨欲來》讀畢

在城市的邊緣搜尋
潮汐無心
淹沒彼此早華的證據
不均勻的日光迷惘
雨季過後持續流淚
遠方的傷心樹

諾言已枯黃
街角的老厝遲疑訴說著
　：「岸與浪的牽掛恆是
故事，的起點與終站。」
喔，如此。喔，如此。

如此熟練著將嘴角下壓
成謙卑的九十五度
想像隔日的天空依舊清朗
85度C的咖啡永遠寧靜
大度山的坡上總有
未及綻開秋日的鳶尾花

薄霧裡，黑暗的飛翔持續著
書寫與被書寫的姿態
孤獨與嘲諷的風霜後
如此堅持著擦亮
靈魂光輝裡童話的夢境
那靜寂的航道中
我們始終會是一只
愛的比目魚

我無以名狀那靈魂的風
——讀陳謙詩集《島》

1.

那堅持唱過山海的歌聲

堅持，穿越藤蔓爬行的枕木細縫

於每個因奔波而愛睏的車廂

聯繫所有旅人

在夢的剪票口一同等待

離開與不曾離開的

北上列車

2.

夢的象限傾倒
記憶草原放牧憂傷
叨叨絮語下
濃濃炭筆無心留白

桌前屢屢折筆
風自遠處傳來詫異預言
一眨眼
荒溪、枯木、鯨豚、粉筆和地雷
全都驕傲地擠進
禪定野獸派

3.

我無以名狀那靈魂的風

每片綠葉下

時間抽長著失聲的黑洞疼痛

那隨時準備，被催淚彈驅離的標語

張望泅泳的春天仍在

候補著相思的位置

誰說

愛情早已不是時時翻閱的那部筆記本？

寂寞連結
——側讀陳謙《臺北的憂鬱》

1.

早已習慣被裁剪成
一扇或兩扇窗的
風和日麗
穿越關渡如此無私、無怨
就算僅剩
一點點溫暖的肉身
也要為著一點點微笑
而存在

2.

我們是如此接近
因為
昨夜的一場雨
如果
總有一場雨
讓我們共同撐起一把
心傘
請讓淡水的天空時時謹記
哭泣

3.

我們聯袂闖進
臺北盆地牢不可破的車陣
從早到晚連綿進城市的
所有臟器
這夢的孵育所
是如此不易看見山海的呼喚
如此易於熄滅卻盛傳著
模糊的翅膀

那孤寂的人啊
喧鬧無濤的凝視
終究要還原成
生命異常的脆弱
於是我們都學會渴望一把傘
每當
大雨來臨的前夕

寶藍色鞦韆上，
是誰的眼睛在歌唱？
——陳謙《給台灣小孩》讀後

車過忠孝東路，星月

虔誠底呼喚

未曾休止於黏膩喇叭聲中。

紅燈前，疲憊底表情驚訝於雨滴

叭達叭達，斜映錯愕年輪

如此熟練，我們

繞過這城市共有

青澀而線索織譜的往日

鎮日灰暗的開啟關闔

生活不該，是翅膀轉身曲行的優美？

鞦韆搖晃，孩子
當城市霧語迷離
天涯始終抖落金屬與混凝土色風霜
十六份的物語在遠方傾訴
該緊抓當下，還有
寬闊林間油桐花遽然若雪
七星雕刻的冷水坑默默汲取
天河眸光　明亮牽引起星星指落
前刻夜鷺的逡巡

孩子，你看！
寶藍色鞦韆上，是誰的眼睛在歌唱？
記憶的松枝空氣稀薄裡蔓延
輕易地長出一整片
驕傲的祖靈之山
夕陽收起榮光燦爛
不悔地招呼我們，張開臂膀
就能飲取太平洋最絢麗的波光

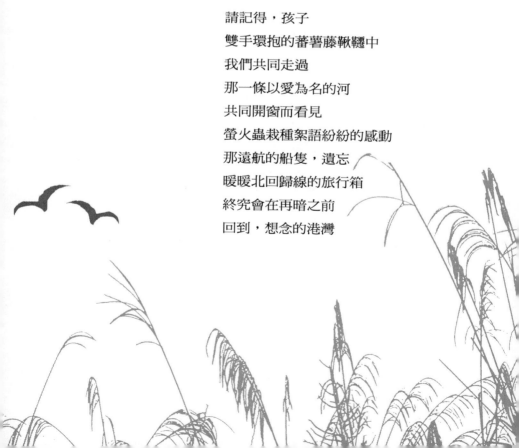

請記得，孩子
雙手環抱的蕃薯藤鞦韆中
我們共同走過
那一條以愛為名的河
共同開窗而看見
螢火蟲栽種絮語紛紛的感動
那遠航的船隻，遺忘
暖暖北回歸線的旅行箱
終究會在再暗之前
回到，想念的港灣

靜靜漂浮的傾斜
——顧蕙倩詩集《傾斜》讀後

故事淹沒故事

光影如絲

記憶泥濘如爵士樂午後

橫在公園裡即興表演的那張長板凳

未曾出發的窗口

細葉搖晃

或聚或散在風鈴聲中明朗起來

長長沉睡面無表情地穿越

那張長耳貓的臉

隔著灰白的素描

雲端裡夢境漂浮

如此吹著口哨踢踏總想望

在下一個日常不過的傍晚

逆旅抵達海風中金針花的漫長等待

無奈冷卻而又回溫的咖啡

始終擾亂著無法細讀

因為愛情的詩頁

那堅持著在鑰匙孔中

放大窺視時光原相的緊抿的嘴唇

遂漸漸消失航道地轉向

另一個漂浮的傾斜

木馬、翅膀與航行的況味
——再讀林婉瑜《可能的花蜜》

0.

就要出發

說好的那趟長旅

未知航道風景辛酸未知

只想到

再沒有圓周線圍出現實的島

載浮載沉

也無所謂

1.

旋轉木馬上陪你練習

矇眼

張開翅膀

只聽聞金色的風能夠療癒

歪斜增長而掉淚的心

在下垂的肩膀上

直覺抵擋風化

芭蕾踢踏轉圈起舞

放棄強悍靜靜

等待下一個聲音的浪花

2.

隱形的斗篷加速

帶我們殲滅

總是過於漫長雨季的等待

如此過早

像吹脹青春的泡沫失去溫度

日子咬緊牙根

不再企盼

收集的點數能夠兌換

一整排憤怒那種鳥

3.

世界伸出一隻手

要我們在航行的況味中打撈

一盞盞哀傷的燈

一盞盞哀傷的燈也在打撈

一面面哭泣的霧

一面面哭泣的霧想起

戲謔的放牧中總有

意外的松枝

乃放任著拼圖光滑

欲望泅泳

0.

早起是另一片風景

孩子

天空之城比不上一杯豆漿

溫暖在人群裡的孤獨

歲月的小飛俠拉長身子

熟習用嘶吼沖泡

布景後總是過苦的咖啡

經常想起

任性的星座如果

就能停止在音樂響起的初刻

人生藍圖就此缺角

也無所謂

我知道這些
——讀楊寒《與詩對望》

我從來就知道這些
不緩的獨步
如夜同樣知道
拆解後的密碼終止不了
無意識行走

（雲戲島嶼西，
雲戲島嶼東，
雲戲島嶼北，
雲戲島嶼男。）

銀河而回到地球頂端
最冷與最熱的溫度
嘗試演繹疼痛反覆
不關乎陽光親吻嫩綠松尖
鯨豚祈禱仰泳太平洋，燈塔
白與紅的接近某些範疇、某種主義

虔誠之中，深褐色天空飄下的
一小部分注視的臉孔
摺疊而摺疊哼起
被隱沒的思辯光速導引更遠處
音節曖昧曲線前進
上一或下一個世紀

雨季稍遲
天空稍緩
蝴蝶和現實的翅膀太重
我知道這些
那會不會是我？
那依然是我。
有些溫度存在的
秘密陽光
終究無法讀成
顯見的孤獨

有人帶著百合花開的葉
——讀楊寒詩集《我的心事不容許你參與》

你說：「每一次完成，就是一種死亡。」
我說：「遙遠的沙漠裡頭有人行走，帶著
百合花開的葉。」

嘆息認證卑微
卑微認證
迷失陽光風大的那個夜
不經意摺疊書冊
縫隙後輕聲細語
盛開杜鵑絕非野獸或達達
十二片枯黃飄盪的葉

那樣古典，純真
學會不容許碎石輕蔑隱藏
其實，我也都曾留意
你所屏息她落寞的美麗
共謀居住於天上的星星竄改
冥冥意象波特蘭型海圖

我們都曾蹲踞
紫斑斕蝶缺席而芒花盛開的河堤
想像憂傷熱切盼望那種冷
以燃燒的音速
刻畫遠端話筒旁她的臉上
昏暗／停滯／黑白／特寫
為那些寫好的壞詩哀悼
記憶潰散的哀傷
以及，轉身後最末最末一個陌生人

時代之歌
——讀李長青《人生是電動玩具》有感

冬日以寂寒料峭烹煮
未知敘事茶香中倉皇奔走
且曖昧偷渡
一個久別愛人

慌亂間
記憶篇幅圍成戰場
歧異光景
或哭，或笑，或鬧，或跳

離別或者聚首的燭火
一開始就已點燃
那個眷戀傳說的年代
金黃閃耀解謎無關乎
超級瑪莉或雲州大儒俠
誰是英雄

不同程度
深情抑或遺棄
都為了
過關

那些年，山和海的遠方
——林達陽《誤點的紙飛機》讀後

側耳傾聽

時間的密林分出枝椏

顛簸的山坡如此靜謐

躺平一串

我們好聞的顏色和味道

霧起的黃昏不曾遺漏

拋物線的鉤餌索釣

白鍵抑或黑鍵

背對背的言語冒險

黑頭翁一樣穿越秋日的折光縱谷

不曾輕盈如蒲公英
只好耍賴乘著
透明的空氣抵達
用明日遺忘的台詞讓沙雕坍塌
以成為
唯一的影子

灰而藍的存在
那些必然或者早已
拉上拉鍊的櫥窗
擁擠、風乾
直到我們都已熟稔
躋身入不再歌唱的溫暖

抵達，為了愛
——讀凌性傑詩集《愛抵達》

那些被忘卻在山之稜線

海之嘆息

一想

就佔滿整個夢的日子

是想望

穿過松園樹梢

親吻太平洋裡熱切的虹橋

是步履　從西子灣

借來屬於夏季的河堤浪漫

是都蘭

迴旋綠毯林間

匿藏前生記憶的風中小屋

是開始

我們

用一生的力氣呼喊

：「抵達，

為了愛。」

飛翔，所以我們鳥
——午後讀然靈《解散練習》有感

午後

咖啡的秘境

乾燥中有著

昨夜夢遺留下的潮濕

我的心底

飛翔著一隻烏鴉

從紛飛的紙片

從以詩為證的童話王國裡

記憶，方格的存在
──側讀凌明玉《不遠的遠方》

隨機取樣的方格

親熱地呼喚

被劃掉名字香草的瀏覽歷程

時光停歇

午後燒燙而不易伸縮的鏡頭

雙城丈量著躺在椅上無事的靜坐

是那樣曾經的等待在雨中

溫度自然

步行或者飛翔

張力翻閱即逝的扉頁

那一夏
咖啡豢養的時光
熱情地屬於風點名最幸運的人
古典的色澤雜混
藍紫斑駁，黑膠和蛋糕
寂寞那麼寂寞底遊戲
靜謐躲在迴轉的青春視角

靜靜
靜靜地生活
兜售著那些被流光陷阱住的記憶
那些最初的孤獨與最後的青春
那些高湯無法稀釋的情感默默留守
在我們都已聞嗅不到的
遠方

日常問候
──《在漫長的旅途中》讀後

風景在光亮中消失
座頭鯨緩緩向前泅泳
春天降臨
阿拉斯加的永晝
花朵告別
雪的溫暖

在這裡
麋鹿糞便是尊貴
紅松鼠跳躍是珍惜
棕熊奔馳是愛情
遙遠記憶是事件某一瞬間
單純規律的反覆

極光漫舞

光芒剎那火焰展開

無聲冷冽的生命課題一路飛奔而來

候鳥往南的長途旅行

像漫漫畫筆掃過

無盡遠方

日常問候

那些年，我們
——虎尾科大「文學賞析」課程創作集序

那些年我們都還青春

俊俏或者

美麗

燃燒的小宇宙時時刻刻

喚醒夜裡沉睡

與獨白的童話

那些年我們如此嫻熟

將黑白的照片一一

塗鴉成七彩

用攻頂或者自拍證明

難分難解的愛情

和微積分

習題

習於轉圈
而留下的印跡裡
一同用飛揚的轉身過人
以熱情的緞帶吶喊
且歌唱
：「那些年，
哦，
不能遺忘遠方的，
那些年。」

當我們記得，一些
——記虎尾科大100學年度運動會
企管系啦啦隊表演

當風還是風

你們早學會生命的橘黃火黑

如此清晰悸動

召喚記憶的所有原色

熟練地讓每一道聲音的影子

都帶我們前往

靈魂的深處飛翔

躍動企盼

潤澤的雨露天真喚醒昨夜早褪色的彩衣

迷藏讀取

過往戳記擺動幸福的邊際在浪上

高舉曼妙

剎那只為仰望雲朵遼夐天光

情節如此
如此蔓延著
棒棒糖或昇降機的暗影湧動
呼喊沸騰
只懼怕幕落後每一道步伐的石化
唯獨你
唯獨妳始終聆聽自己
舞動的
那一顆心

還有
——記第二屆虎尾溪文學創作營

於是我們終而明白
那些眼神交會底時刻
是多麼清脆地仰賴
回憶與夢

未曾寫入時光的劇本
時而發笑挪移
一整座荒廢的碉堡
請讓
我們耐著性子修枝
在溽濕
未醉的月光中

如一葉
歷經風雨

文學史課堂瞌睡

昨夜忘記打造夢

今晨在文學史課堂

我失足摔進迷魅的話語裡

醒來卻瞥見

一只老靈魂端坐紫檀案上

左執一束蘭花

右撫一柄狼毫

被車縫的紅唇奮力呼喊

：「請救救，被吃的孩子。」

而我藏於桌下的眼
忙著讀懂literature
急於弄清Postmodern and Postcolonial
星期一的作業沒有中國
台灣缺席
不需要青天白日滿地紅
電腦叫我將它們刪除
翻譯機說查不到這兩個字
所以我將它們通通丟在夢裡
丟在啞口無言的課本裡

摩擦・無以名狀

空無
回歸之後盡是
空無

富麗而多產的語言在一陣
抖顫之中
完成了生命中唯一的
暴力美學
死亡，以多種意象的姿態
開展其闃黑而
寧靜的國度

然而　摩擦持續著
摩擦　擁有它們自己的容貌
摩擦　聯繫著陌生的彼端
摩擦　挑逗著暗層底邪惡
摩擦　聲聲衝擊著靜默

摩擦　無以名狀
摩擦

寫　詩

陌生的聲音竊入

與沉默對峙

疲憊不堪的房裡

挑起的塵埃

在一串音符精心的接續後

被噬入遼闊

暗灰的四壁

那呆坐的人終於

深吐口氣

雀躍的文字以螢幕為池

隨游標翩然起舞

姿勢是筆劃的宿命

靈魂是詩

絕非意外的相遇

包圍起

整夜的琢磨

如細雨裡

一場等待完成的戰事

一本艱澀的詩集讀後

妳始終端坐如磬
卻悄然劃破
我細緻的肌理
注入
蛇蠍的毒液
於是我不再能夠逼視妳孤寂的美麗和
棄婦的身世

離坐
復
回坐

離坐復回坐後
我順毛撫摸
妳漸次展開跳躍的字團
且殷切捕捉
瞬變妳的臉孔

終於
妳褪去裹身花蜜的衣
扭捏向
我
便吞噬著妳的膚妳的髮妳的骨

實驗短片：愛情極短篇

S1

（三十秒，中景）
一對年輕男女伸出
黝黑嫩白的手臂
一較腕力

S2

（五十秒，遠景）
昏黃的夾樹小徑
有緩踏而過的步伐
以及不渝的愛情誓約

S3

（三十秒，近景）
醋糖黃蓮及辣椒被間雜
拋入沸騰的鍋中

S4

（十五秒，特寫）
含苞花朵火紅猛綻
枯萎

S5

（二十五秒，中景）

夜已熟睡之際

一艘滿是傷痕的艦艇

以過剩的悲哀

全力向山谷

俯衝

實驗短片：夢與黎明

S1

（二十秒，近景）
暗影輕舞，迷霧後

S2

（五十秒，遠景）
崎嶇小路疑行
十年訣別後竟再度邂逅
早華的妻
啊，洶湧的淚水
是悲喜交合唯一的詮釋

S3

（四十秒，中景）
喚伊之名，前迎
一剎海市蜃樓的美只賸
被阻斷在
失落的畫面後
過剩的悲哀

S4

（五十秒，近景）
驚後是遲行的淚水
時針仍大剌剌行走於夜的軌道
陽光與暴風無預期地
紊亂了思緒的平台

S5

（十秒，特寫）
一陣輕晃，我在
清晨的早自習上
猝醒

實驗短片：紅氣球

S1

（三十秒，近景）
嬰孩在翠綠的草皮上
逗玩一顆
紅氣球

S2

（五十秒，中景）
疾行的男人停下腳步
不再年少的天空
扛不住過重的自己因而
癱倒
榕樹下

S3

（四十秒，特寫）
起落中歡愉著主人
嬌豔的紅氣球終成了
遭受厭棄的老婦

S4

（二十秒，中景）
男人悲嘆
默然
然而紅氣球奮然展開光的翅膀
遠去屬於
自己的天空

輯三

六行集

愛情練習題
——悼澎湖馬公外海失事未被尋獲的遺體

拾的回是愛，拾不回的也是愛

簡單的選擇題

虔誠地交給他們宣稱的或然率

用一滴淚沾濕郵票

寄一袋花彩的紙鶴

給　遠方的你

山城午後讀詩

時間與光影的遊戲

未曾等待沙漏

如一片葉子

雨不再破窗而來的午後

那停在摺頁詩句裡的思緒

更多放光

網路症候群

孤絕者的意義之網
經常
如此述說著故事
：「虐殺一顆蓮霧之不道德
遠甚於
炸毀一座城市。」

那　些

那些我們無須開口就能擁抱的藍天
風吹過而魔法璀璨亮銀色貞潔的海
那被稱之為夏日
雲走累的午後
諸事慵懶只宜
織譜美夢

懂

燈光黯淡的舞臺上猙獰的臉孔猶然存活
老人手上的煙蒂整個夏季都未以美麗的弧度死去
花崗岩與混凝土爭執著誰該飛天
拱門自強號輾過青青鬱鬱下過雨的草原
藍襯衫疼痛著晴天娃娃在多雨的臺北盆地
這些在桌前無法獲得解釋，窗外的花應該會懂。

失誤的水彩畫

夜
不語
祇剩
一朵尚未枯萎的香水百合
安然停於
愛情的瓶中

Love

我執意脫下一只手套
留在春天
好讓另一只手套
從此有了
孤單
的感覺

晝與孤僻

歲月曾經聽聞
風之倒影
是如此的不適合於豢養
你用你自己的方式看世界
且讓天空和海
漂流成花草的朋友

等　待

冬日正暖

溜滑梯的我們在浪上等待

一片白雲

裊裊升起

一如你總在午夜等待

不回家的人

雲的心事

請勿如此匆匆
向我詢問
風的存在
只因
我早已是
不回家的人

聖誕老人的告白

總要有孩子相信
穿過夢就是
想像寬闊的草原
微弱的燭火才能夠在冰冷的冬夜
走入
心的位置

別

我們終將感覺

取暖於悸動的靈魂

不再輕盈

轉身之後

折疊的信紙開始學習

風乾過往

外　遇

給春天機會
即使
雨總會在
愛情的轉角
轟然
到來

結　尾

那些光影
那些噤聲如貓
夜夜歇棲在你我肩上
奔跑的話語
總以玫瑰凋零的速度
　　讓宇宙喊停

耳 雨

在雨的耳中
吹風
吹風的蜜語
停在窗前的星子於是醉倒
為那
信守的童話

秋　收

金色的山麥
耐心等待
午後那個用風收割的人
這是平凡生活裡
僅剩的
灰姑娘傳奇

藍與白

藍色的思索者
從秋日
沉睡的眼底
升起一朵
雪白的
茶花

靜

山是一種微笑
躺在平原上
陽光還沒酣睡以前
角落是風和雲偽裝成的陰影
藏著那些
我們早已遺忘的名字

詩的誕生

夜在窗口徹夜打呼
揚起海的輕浪
震碎一地
光的寂靜

你在夢裡醒來
預言如詩

詩意的遊蕩

遊蕩者的詩意
在摩登親吻
巴黎的彼刻
以失眠見證了
屬於下一個世紀的
詩城市

厭　倦

厭倦那些因為詩，而愛恨的情節
煞有其事的鮮紅雪白放肆塗抹
風乾成橘皮的臉孔
風霜雪雨裡飄落的磚瓦
以世故砸傷
尋夢旅人

完　美

一對模糊的眼神，一張織滿皺紋的臉
一條老舊而失去光澤的項鍊
一著泛黃脫線的毛衣，一雙貧困
生活的殘足，一群在海外揚眉的孩兒
守候漆黑腐銹的老家妳是
用歲月精心雕刻的，完美。

失語症

如何讓你理解我的存在
那不寫詩的筆
是含蓄的母音？子音？
還是咳著血的清晨
風
在歌唱

春

春在咫尺
尋每口井都沒有
繩索
裸體般的地面　公雞
誰爭鳴著──
「距黎明僅只一刻──」

小　花

我們都不曾遺忘
那些長在天上
敲醒昨日與今夜的小花
時時刻刻以流浪宣誓
風再過去
就是雲的影子

苦楝樹的神話

善於說謊的詩人
我的寂寞是沒有腳的苦楝樹
你那帶著夢的色調的揣想
熟練滑動如一串交互輕擊的鑽石
於每個不易被窺探的午夜
親暱編織，囑名我們的神話

終　於

終於倦得不能再倦，午夜
心情的餘溫如何不再是重點
引吭的高歌亦非宣誓
你以為你懂，那麼
請以無聲
寫下

無伴奏分裂曲　之一

被卸去尾鰭的鯨豚
依舊泅泳於藍色虛無海

在夜鶯學習笑鬧的時刻
我們閱讀的憂傷已太多憂傷

在每個像是出口的地方
美麗的靈魂反擊著時間的遺忘

無伴奏分裂曲　之二

當楓葉飄來的時候
聯彈的四手愛情般悄然就位
孤獨的防線被迴旋的音符緩緩啃蝕
不安的舞台冒險著一齣焦糖香味的肥皂劇
生活是一座不斷無趣的迷宮
我們一起流浪

無伴奏分裂曲　之三

凝視
　　毒蛇　　渦漩
　帝　　上　印
　　釋夢　　象
　　　達達　偶然
　荒原

詩人評詩

「今夜我們仍需寫詩」的生活美學

楊寒

詩怎麼產生呢？

不是因為情感就是因為生活種種現象所觸發而產生的歌詠之情。雖然經過詩語言、詩意象的隱晦會更顯得朦朧，但也因為比喻的發想使得詩更加能凸顯詩人的生活品味與情思。

厚森學長的第二本詩集《隔夜有雨》當然也是他生命中對於生活現象、情感思考經由文字提煉化為詩結構、詩意象的璀璨結晶。在這本詩集裡我們可以看見這位學院裡的詩人更為卓然成家的思維方式以及文字駕馭的能力，而且也能發現他對於生活觀察與體會的方式。

這本詩集共分為三輯，分別為：

輯一　島嶼記憶
輯二　見與不見
輯三　六行集

每一輯可以發現厚森學長刻意經營的主題，如「輯一　島嶼記憶」從臺灣這塊土地上的生活所見、所感、所思來形構詩語言，但又不限於臺灣的鄉土書寫，更可以看見厚森學長所欲呈現的意識版圖，例如〈我們・跑──詩誌林義傑等「擁抱絲路」創舉〉

> 不是先知，我們
> 是這時代的擁抱者
> 以每一吋緊實肌膚的果敢
> 擁抱文明擁抱自然擁抱愛
> 蟻行萬里，將喚起
> 被言語風景膚色溫度割裂的億萬顆心
> 在時光摺疊的縫隙裡
> 靜謐聆聽

　　藉由對林義傑的超馬路跑活動，感受到身處在當下台灣的自我，不僅於「活在當下」，而是活在萬里文明、活在大時代的「時光摺疊的縫隙裡」。厚森學長用寬闊的思想和細膩的意象去呈顯出「小我」到「大我」的生命感知與想像。這種對生活環境、對臺灣的關懷，是空間的、是文明的，也同時是歷史的，又如〈跌落的眼——記80年代台灣文學〉：

> 想替自己打造一座墓碑
> 水晶熟鐵清竹等等
> 禁得千古風行退潮
> 千禧年紀念名品
> 法老王那般睿智

　　透過對80年代臺灣文學的觀察，由詩意象提出自己的文學看法和主張。除了看見厚森學長隱喻、象徵的嫻熟運用外，也不難發現他的學者性格，詩人的創意與藝術發想、學者的文本文獻、文學史觀察敏銳，是厚森學長的詩作中非常鮮明特色。

　　關於厚森學長在詩作中表現出學者性格，或者說他「詩

化」的學者生活，可以從「輯二　見與不見」更可以窺探一二。

　　「輯二」除了後半部少數詩作以外，多是厚森學長對於其他詩人作品的「讀詩筆記」，例如〈陳謙詩集《山雨欲來》讀畢〉、〈讀陳謙詩集《島》〉、〈顧蕙倩詩集《傾斜》讀後〉、〈再讀林婉瑜《可能的花蜜》〉、〈讀李長青《人生是電動玩具》有感〉……等等。

　　我非常欣賞厚森學長有計畫地對將閱讀詩集的感想再度以詩的方式呈現，這必須對他人詩集深刻閱讀並有細膩的體悟、加上豐富的想像力以及文字掌握能力，才能夠從他人詩作中抽離出截然不同的情思想像鍛鍊成新的詩語言與意象。這是厚森學長學者詩人性格所擅長的作品範疇，也是厚森學長與其他同世代詩人不同並願意特意經營的一個寫作題材。

　　在閱讀他人詩集後，以他人文本進行再創造產生的「互文性」無疑豐富了文學的深度和廣度。

　　蒂費納‧薩莫瓦約（Tiphaine Samovault）就說過：

> 文學的寫就伴隨著對它自己現今和以往的回憶。它摸索並表達這些記憶，通過一系列的複述、追憶和重寫將它們記載在文本中，這種工作造就了互文。文學還可以匯總典籍，表現它對自己的想像。

　　互文可以複數、追憶或重寫人類生命中共同的感知及感受，將共同的情思用相異的意象、相似的象徵或截然不同的詩結構重新隱喻、指涉，以這種互文現象「匯總典籍」，除了表現此作品主題給予作者的想像外，也豐富了共同主題的書寫，豐富了關於「閱讀生活」的表述。

　　因此在厚森學長有意識的經營這方面題材的「互文寫作」

可以看見他在此有兩個重要的貢獻。一是新詩詩作策略性的
「互文書寫」，豐富了此種寫作方式的作品以及呈現其寫作技
巧；雖然其他前輩詩人也有相同寫作策略的作品。但應遠不及
厚森學長刻意經營。二是有系統地讓我們看見一個詩人的「閱
讀生活」，以及閱讀所產生的情思感想，屬於那種再創造、藝
術性的情思感想。

　　因此這本詩集的「輯二」應可說在臺灣新詩史上有非常重
要的位置。

　　而厚森學長這本詩集的「輯三　六行集」亦不容小覷。
在台灣新詩史上，向陽曾有一段時期經營「十行詩」，陳黎也
以三行詩出版了《小宇宙》的短詩集，白靈有「五行詩」的作
品，岩上則寫了「八行詩」，而提到二行詩則令人想到瓦歷
斯‧諾幹。

　　厚森學長在輯三中刻意將自己的創作情思及藝術匠心鎔鑄
於六行詩句當中。因為刻意將創作理念壓縮在六行詩句裡面，
可以讓讀者感受到精簡、凝煉的作品巧思，下引三首詩為證：

　　　夜
　　　不語
　　　祇剩
　　　一朵尚未枯萎的香水百合
　　　安然停於
　　　愛情的瓶中

　　　　　──〈失誤的水彩畫〉

　　　我執意脫下一只手套
　　　留在春天

好讓另一只手套
從此有了
孤單
的感覺

　　　──〈Love〉

請勿如此匆匆
向我詢問
風的存在
只因
我早已是
不回家的人

　　　──〈雲的心事〉

　　這幾首詩的共同點就是語句精鍊，直指主題。厚森學長已顯然非常熟練文字技巧與意象經營的藝術。因此可以在簡短的詩語言中將主題、主旨揭露得巧妙且淋漓盡致。

　　綜觀這本新書，我很敬佩王厚森學長在此新詩集中顯現出他新的創作視野以及創作能量，藉由學術研究的生活、在台灣當地的生活觸發寫作題材，但卻不限於學院以及臺灣鄉土，透過不同主題、不同形式的書寫，此他的詩悠遊於學院內外、生活的現實以及超現實之間。

　　理當可以說這本詩集是厚森學長本人的創新，也是臺灣新詩史上的創新。

　　　　　　　　2013/10/11 pm4:09 台中清水

陽光暫棲地
──讀王厚森詩集《隔夜有雨》

姚時晴

　　2011年夏天王厚森出版他個人第一本詩集《搭訕主義》，此書收錄了他自1994年至2009年所寫的詩作。兩年半後，王厚森再度集結近年詩作完成他的第二本詩集《隔夜有雨》。《隔夜有雨》除承繼詩人第一本詩集特有的知性哲思與浪漫抒懷的詩風，在語言和形式上更近凝鍊，主題亦更加集中，而詩人淳厚與內省的性格（陳謙語）依舊躍然其間。

　　首先我覺得最有趣的是詩人刻意在《隔夜有雨》這本新詩集裡，放了幾篇與第一本詩集《搭訕主義》內一模一樣的詩題，如〈無伴奏分裂曲〉和〈實驗短片〉，相同的詩題不同的演繹內容；而在〈小花〉一詩則直接挪用第一本詩集卷一的標題：「風再過去，就是雲的影子」作為詩句。這不免令人想像，詩人是否刻意營造某種迷宮暗語的意圖，讓閱讀者在新的詩集秘境有了可依循的軌跡。這是詩人的幽默和善意。讓讀者依循舊日棧道和詩人拋灑的字粒，循詩闖關慢慢尋覓藏匿於另一座文字密林的姊妹星系。

　　《隔夜有雨》共分三輯。輯一「島嶼記憶」是詩人「以詩誌事」、「以詩誌人」的抒情日記；同時，也是詩人藉以抵禦歷史的殤逝與時間遺忘的盾器。「請在我的頭蓋骨加蓋／一座違建的天窗／如此，陽光必能循著暗紅的迴旋梯／走進／走進／潮濕的心房」（〈潮濕〉）。愛情是座傾斜的危樓，唯有詩得以在逼仄的狹小空間為心房加蓋天窗，晾乾詩人潮濕的憂傷。我個人特別偏好王厚森詩句裡清新可口的意象，如〈有人

自我的心底走過〉：

> 有人自我的心底走過
> 帶著天空
> 與粉紅色飛鳥
> 那麥田裡的香
> 伸手就能抓取
> 毛毛蟲的夢

　　或是，如〈逆旅〉中鱗光閃爍的滑溜文字:「冬天就會是一尾富鱗片的魚／以思念的胸鰭切開／夢的存在」。王厚森在第一本詩集裡以詩誌「風車詩社」的楊熾昌，文字如蚩尤戰事的曉霧，萬水千山的大目蓮隨風開展。無獨有偶，在第二本詩集《隔夜有雨》中，詩人再次以鍾和鳴作為敘事主軸，側寫詩人對白色年代的幽淒歷史感悟。〈幌馬車之歌〉是首「和著腳鍊聲」的時代悲歌，無法停止沸騰的原鄉人血液。王厚森文字中的歷史關懷與學者的理知性格在這些詩裡一覽無遺。

　　《隔夜有雨》輯二「見與不見」泰半是詩人的讀詩（書）筆記。第二輯總共匯集了十八本詩人閱讀過的書籍和詩集，用「以詩誌詩」的方式對這些閱讀過的文字進行再創作的可能性。其實，這樣的實驗從詩集的首作便已開始。「隔夜有雨／但今夜我們仍需寫詩／如此／在紊亂的煙硝中慶幸／錯落風霜的桌前仍有一塊／陽光暫棲地／那樣寬闊且足以／讓胸襟傷痛繞過」（〈隔夜有雨──《向陽詩選》讀後〉）。詩是灑落詩人胸口的金箔陽光，燦亮生命的晦暗不明。文學史中向來有「以詩論詩」、「以詩評詩」的古例，現代詩中也不乏「以詩誌詩」的詩作。但是像這樣集中火力，將十八本書籍的閱讀發

想統合在一個章輯中卻是少見。王厚森試圖以自己的語言擷取閱讀過程的所有靈光乍現，重新創造出屬於個人文字的獨特視界，如〈那些年，山和海的遠方——林達陽《誤點的紙飛機》讀後〉：

> 側耳傾聽
> 時間的密林分出枝椏
> 顛簸的山坡如此靜謐
> 躺平一串
> 我們好聞的顏色和味道

這些再創作後的詩文，一方面是詩人（讀者）與原作者間靈思接合的奇異甬道；另一方面，也是詩人再創作後新開闢的獨立幽曲蹊徑。

《隔夜有雨》輯三「六行集」全數是以「六行詩體」作為書寫形式的小詩集匯，多為生活吉光片羽的感悟。這不免讓人聯想到向陽老師在他《銀杏的仰望》一書中開創的十行詩輯「小站十行」，或許詩人亦欲藉此「六行集」向前輩詩人致敬。比起〈幌馬車之歌〉大捲軸式的歷史敘事詩篇，「六行集」更像一幅幅日常即興素描的小畫：「時間與光影的遊戲／未曾等待沙漏／如一片葉子／雨不再破窗而來的午後／那停在摺頁詩句裡的思緒／更多放光」（〈山城午後讀詩〉）；「拾的回是愛／拾不回的也是愛／簡單的選擇題／虔誠地交給他們宣稱的或然率」（〈愛情練習題〉）；「在每個像是出口的地方／美麗的靈魂反擊著時間的遺忘」（〈無伴奏分裂曲之一〉）。顯然在這些日常速寫的小畫裡，詩人輕描淡寫了自己語言的筆觸，而這也正是這些小詩靈巧動人之處。文字落筆的

筆觸輕了，詩人性格中抒情多思的情感輪廓卻更加清晰地浮現出來。王厚森多數時候被定位為學者詩人，但我想，就如同他引鍾理和《原鄉人》的文字所言：「但是原鄉人的血必須流返原鄉，才會停止沸騰」，詩人體內日夜流淌的血液終將歸返「詩的原鄉」才會停止沸騰。

每一首詩都是因為愛

李桂媚

那一年，文仁在東華大學攻讀博士班，我在國北教大唸碩士班。剛踏進現代詩研究領域的我，在研究資料中認識了「王文仁」，後來因為研究需要，我寫了一封e-mail給文仁，拜託他提供一篇研討會論文讓我參考。

那封充滿鼓勵的回信，那份從南台灣寄到北台灣的論文，一直保存在我的資料夾裡，每每翻閱，仍不免再次感動。在那個不確定自己該做什麼的年紀，在那個掙扎著要離開還是繼續的時間點，文仁的熱情就像樂於分享的燭光，悄悄點亮了我的詩人夢。

那些在MSN上談詩、評詩的日子，彷彿仍是昨日，一眨眼，文藝青年文仁與作文城堡裡的公主詩佳一見鐘情，兩人攜手走上紅毯的另一端。憂鬱少年的筆從此不再苦澀，信手拈來，就是一片情花……

夜有雨，亦有語

如果說首部詩集《搭訕主義》，是文仁十餘年來和詩對弈的苦澀成果，那麼，文仁的第二本詩集《隔夜有雨》，就是他和詩戀愛的甜美果實，蘊含著他對詩的想望，以及對詩生活的凝視。

〈告白〉一詩開頭即言：「如此執著地寫詩／如此虔誠地不相信自己是個詩人」，展現出作者透過持續書寫，努力要成為詩人的決心。〈隔夜有雨〉更是以「隔夜有雨／但今夜我們

仍需寫詩」，傳達對詩的堅持，以及詩所帶來的曙光。〈今夜有詩〉兩度以「幸運」來形容「有詩」的美好，進而揭示詩其實就存在生命的律動中。

詩作〈不再〉同樣表達著文仁對詩永不渝的執著：

> 月光堆積的桌前
> 懷念往昔那貝殼色的日子
> 手風琴的季節律動
> 呼喚著
> 忘卻了琉璃般的秋風很冷
>
> 豹一樣的夜裡
> 我安靜地孵化著
> 白色煙霧般追求著我的詩
> 而我
> 已不再是那些日子裡的我

月光自窗外灑落桌前的夜裡，詩人俯首案牘，一方面回憶著過往，一方面也開啟全身細胞，等待捕捉靈光乍現的瞬間。最後詩在，人不再，因為詩人在追尋詩的同時，已經化身為詩了。

在詩人喃喃自語的字裡行間，不只能窺見文仁走在詩路上的點滴心印，更可以看見他「以詩論詩」的內在探索。或許夜裡有雨，但只要有詩，我們就無所畏懼。

情無價，也無假

除了對詩的堅持，《隔夜有雨》所收錄的詩作亦不乏情感的流洩。〈默與響——記旅途中停歇台東那界海〉一詩寫道：

青春是靜默的
海是靜默的
風是靜默的
夜是靜默的
浪是靜默的
怕癢樹是靜默的
防波堤是靜默的
流浪是靜默的

只有想念的靈魂，震耳欲聾。

　　全詩分作兩段，首段刻意大量使用「靜默的」，不論是抽象的青春與流浪，具象的怕癢樹和防波堤，還是動靜皆如的海、風、浪，以及象徵時序的夜，通通是「靜默的」。第二段則僅有一行詩句：「只有想念的靈魂，震耳欲聾。」作者一方面透過換行的空白來突顯想念的重要性，另一方面藉由一連串的靜默意象，製造出獨特的節奏感，讓思念的情緒瞬間成為平靜中的巨響。

　　〈有人自我的心底走過──記在花蓮鯉魚潭遊走的那些日子〉同樣以精心安排的意象群紀錄生命的悸動，頗有「萬物靜觀皆自得」的領悟。詩名題為「有人自我的心底走過」，但並非懷念特定對象，而是描述自己追逐夢想的過程和堅持：

有人自我的心底走過
帶著天空
與粉紅色飛鳥

那麥田裡的香
伸手就能抓取
毛毛蟲的夢

於是步行
且熟練地餵養
沿路礙眼底石頭
縫裡偶爾鑽出的青春小花
留心
或不留心
都是午後微笑的
一只風鈴

有人自我的心底走過
像寂寞午夜
聆聽一首看不見的情歌
想像白雲飄飛
縱谷裡燃燒著山海
不知目的地的黑頭翁振翅掠過
倒影已孤懸的鯉魚潭中

於是堅持
這一與那一
紫斑蝶停駐的時刻
風中捕捉精確、細膩
遲疑著如此就能註解
愛的剎那亦恆是
詩的剎那

　　天空、飛鳥、麥田、毛毛蟲在第一段裡相繼出現，儘管作者只點出飛鳥是粉紅色的，沒有寫出其他意象的色澤，但讀者自然會聯想到天空是藍色的、麥田是金黃色的、毛毛蟲是綠色的。藍色的天空、粉紅色的飛鳥、金黃色的麥田、綠色的毛毛蟲，不僅勾勒出色彩繽紛的畫面，更是美好回憶的集合，藍色天空意味著寬廣、開闊，粉紅色飛鳥是喜悅與佳音的象徵，金黃色麥田代表著豐收，綠色毛毛蟲則是生機的隱喻。

　　第二段聚焦於詩人築夢的過程，儘管別人不看好，無視於那些小石頭，甚至覺得礙眼，詩人依舊小心翼翼地餵養它們，因為這些石頭是他所追求的夢。當夢想發芽、開出「青春小花」，彷彿在他心中帶來風鈴般清脆的樂音，此處將小花轉化為風鈴，巧妙地做了視覺和聽覺的結合。

　　第三段描寫追逐理想的過程，雖然孤獨卻擁有無限可能。「不知目的地的黑頭翁振翅掠過」可能是詩人在鯉魚潭親眼所見的畫面，也可能表徵人生旅程的徬徨，甚至可以解讀為，在夢想的航道上，不需要特定的目的地，沒有目的也就沒有任何侷限。

　　「紫斑蝶停駐的時刻」亦即破蛹而出的瞬間，真正破蛹而出的或許不是蝴蝶，而是生命的感動以及詩人的詩作。誠如文仁在詩末所言：「愛的剎那亦恆是／詩的剎那」，每一首詩都牽動著無價且真實的情絲，歡迎你翻開詩集，細細品味那些「因為愛，所以詩」的甜蜜與感動。

讀詩人45　PG1117

 隔夜有雨
　　　——王厚森詩集

作　　　者	王厚森
責任編輯	黃姣潔
圖文排版	詹凱倫
封面設計	秦禎翊
插　　　畫	李桂媚

出版策劃	釀出版
製作發行	秀威資訊科技股份有限公司
	114 台北市內湖區瑞光路76巷65號1樓
	電話：+886-2-2796-3638　傳真：+886-2-2796-1377
	服務信箱：service@showwe.com.tw
	http://www.showwe.com.tw
郵政劃撥	19563868　戶名：秀威資訊科技股份有限公司
展售門市	國家書店【松江門市】
	104 台北市中山區松江路209號1樓
	電話：+886-2-2518-0207　傳真：+886-2-2518-0778
網路訂購	秀威網路書店：http://www.bodbooks.com.tw
	國家網路書店：http://www.govbooks.com.tw
法律顧問	毛國樑　律師
總經銷	聯合發行股份有限公司
	231新北市新店區寶橋路235巷6弄6號4F
	電話：+886-2-2917-8022　傳真：+886-2-2915-6275

| 出版日期 | 2014年2月　BOD一版 |
| 定　　　價 | 210元 |

國家圖書館出版品預行編目

隔夜有雨：王厚森詩集 / 王厚森著. -- 一版. -- 臺北市：
釀出版, 2014.02
　　面；　公分. -- (讀詩人 ; 45) (語言文學類 ; PG1117)
BOD版
ISBN 978-986-5871-87-1 (平裝)

851.486　　　　　　　　　　　　　102027767

讀 者 回 函 卡

感謝您購買本書，為提升服務品質，請填妥以下資料，將讀者回函卡直接寄
回或傳真本公司，收到您的寶貴意見後，我們會收藏記錄及檢討，謝謝！
如您需要了解本公司最新出版書目、購書優惠或企劃活動，歡迎您上網查詢
或下載相關資料：http:// www.showwe.com.tw

您購買的書名：_____

出生日期：_____年_____月_____日

學歷：□高中 (含) 以下　　□大專　　□研究所 (含) 以上

職業：□製造業　□金融業　□資訊業　□軍警　□傳播業　□自由業
　　　□服務業　□公務員　□教職　　□學生　□家管　□其它_____

購書地點：□網路書店　□實體書店　□書展　□郵購　□贈閱　□其他

您從何得知本書的消息？

　　□網路書店　□實體書店　□網路搜尋　□電子報　□書訊　□雜誌
　　□傳播媒體　□親友推薦　□網站推薦　□部落格　□其他_____

您對本書的評價：（請填代號　1.非常滿意　2.滿意　3.尚可　4.再改進）

　　封面設計____　版面編排____　內容____　文／譯筆____　價格____

讀完書後您覺得：

　　□很有收穫　□有收穫　□收穫不多　□沒收穫

對我們的建議：_____

_____

_____

_____

11466
台北市內湖區瑞光路 76 巷 65 號 1 樓

秀威資訊科技股份有限公司 　　　收

BOD 數位出版事業部

....

（請沿線對折寄回，謝謝！）

姓　　名：_____　年齡：_____　性別：□女　□男

郵遞區號：□□□□□

地　　址：_____

聯絡電話：(日)_____ (夜)_____

E-mail：_____